KB034130

해녀의 몸에선

해녀의 몸에선

강영수 시집

정은출판

● 서문

시가 나에게 이런 것을

무관심을 관심으로
흔한 것을 소중하게
별것 아닌 것에 관찰을
지나쳤던 것을 다시 보게
기억을 기록으로
곁에 있는 것에 감사를
남이 쓴 시어에 감동을
내가 쓴 시어에선 설렘을

잠언에 한 줄 남기고 싶다

모든 이들은 나의 스승
시, 삶아 먹었으면 좋겠다는
지어미에게 이 시집을…….

2017년 초여름

차례

2부 물에들레 가게

3부 해녀의 몸에선

차례

차례

6부 인생

1부 전설 속 소섬

섬

누가 오라는 사람도 없다
그렇다고 가라는 사람도 없다
누군가 섬에 가선 안 된다는 사람도 없다
섬은 사람을 부르지 않는다
내쫓지도 않는다
섬은 사람을 그리워하지 않는다

섬은 사치를 모른다
찬란한 섬은 없다
섬은 말이 없고 다소곳하다
외롭고 고독한 게 섬이다
하늘 땅 바람 바다가 공존하는 게 섬이다

저 섬에 가 봤으면 하는 사람들
돈 들고 섬 사러 오지 않으면 좋겠다
섬은 흥정하는 물건이 아니다

전설 속 소섬

전설 속 소섬은
설문대 할망의
설치 예술품

어미 소 품 안의
송아지

설문대 할망
오른쪽 다리는 일출봉에
왼쪽 다리는 식산봉에

다리 벌려 볼일 보며
오줌으로 밀어낸
화룡점정의 망부석

송아지 떠나온 자리는
소섬 연락선이 드나드는 항구

섬의 나이

어렸을 적
섬이라 하면
섬것들이라 괄시받았다

요즘은
참 좋은 곳이다
육지것들 하지 말란다

앞으론
그때 그 시절을
그리워할 거다

비양도飛陽島

우도 비양도는 제주 동쪽 끝
태양의 기氣를 뿜어내는 곳
섬 속에 섬, 섬, 섬이 연결된 곳
백오십여 미터의 ᄃᆞ리성창은
선조들의 등짐으로 돌담을 쌓아 연결된 곳
바람과 파도 소리가 어우러진 교향곡의 비양도
속 깊은 문화가 있고 역사가 잠든 곳
연대烟臺와 돈짓당 개맛이 오롯한 곳
그 옛날 듬북눌 감태눌 멜그물눌을 눌었던 자리는 올레길 둘레길로
불턱이 있던 자리는 해녀 탈의장인 안비양 해녀의 집으로
소싯적 맨발로 뛰놀던 테역밭은 추억이 아렸던 곳
ᄐᆞᆫ비양 안고팡은 물이 써야 갈 수 있는 신비의 다리로
돌그물, 동등머을, 서등머을, 꿀정여, 오다리여는 해산물의 보고
제주 본섬의 반도처럼 보이는 광대코지에서의 비경
아침엔 날아오르는 태양의 기를
저녁놀엔 한라산의 한 폭의 풍경화를
터웃개, 동배수, 서배수, 볼래낭알

하늬지, 볼락통, 졸락코지, 진코지……
지명마다 이름도 정겹다

* 연대煙臺 : 조선 시대에, 주로 연변 봉수沿邊烽燧에 설치한 대
* 돈짓당 : 제주도 민간신앙의 하나로 어부, 해녀, 어선 등 해상의 일들을 관장하여 수호하는 신을 섬기는 당집을 일컫는 말
* 개맛 : 포구
* 테역 : 잔디
* 안고팡 : 광. 해산물이 많이 나는 곳이라서 '바다의 광'이라는 의미를 따서 붙인 지명

섬과 여

바다의 산은 섬
바닷물 속 산은 여

보이는 것은 섬
보이지 않는 것은 여

심오한 것은 섬
오묘한 것은 여

세파에 견디니 섬
신산을 겪으니 여

아버지의 풍치는 섬
어머니의 속마음은 여

병들어 가는 우도 1

굽은 나무
선산 지켰다

굴러온 돌
박힌 돌 쳐내고 있다

멀쩡한 이 뽑아
임플란트 심어 간다

병들어 가는 우도 2

문화는
외래문화에 돌림병 되어 가고

전통은
돌담이 태풍에 넘어지듯 허물어진다

역사는
잠들다 못해 이안류에 쓸리듯 사라져 간다

풍광이 명당인 자린엔
흉물인 마귀가 들어서고

앙상블의 돌 동산은
독감에 몸살인 듯 콕콕 탁탁 쾅쾅 쉴 새가 없다

아름답고 예쁜 민얼굴에
성형하고 화장한다

사람은
돈맛 들린 전염병에 난치 불치다

입엣것도 내주던 인심은
부모 입엣것마저도 빼가는 세상이다

상처

선배!
망가지는 우도
느끼는 거 없어요?

글쎄?
인심, 사고, 자연……
나는 궁시렁거리며
멍했다

아닙니다
사람입니다

같은 농사꾼이
선량한 농민들 피 빨아먹고
지도자가
순진한 서민들 등쳐먹고

저만 배부르면 된다고
돈이면 못할 짓 없다는 놈들입니다

그래도 그런 놈들을 옹호하며
알랑방귀 일삼는
배알 뒤집히는 사람입니다

그때 그 시절

그땐 그랬지
그 적빈의 시절 춘궁기

가난한 집 아이들
물과 죽으로 허기진 배를

좀 살 만한 집 아이들
아침은 조밥 저녁은 죽으로

부잣집 아이들
겨울엔 조밥 여름엔 보리밥
세끼 배 불뚝하게 먹었지

어느 농부의 자식에게 하는 부탁

어렸을 적
배부르게 밥 한번
먹어 봤으면 했다

굶지 않으려고
남의 집 머슴으로
테우리로 살았다

결혼해서 남의 밭 빌려 농사를 지으며
내 이름으로 된 밭뙈기
갖고 싶었다

자식들아
내 눈 감더라도
땅은 팔지 말아라

*테우리 : 목동, 목자

게들레기 고동

대를 잇고 살아온 집
내 집인가 했더니

고동 ᄋᆺ물 내쫓고
제집인 양 독 품고 살아가네

살다 살다
다시 떠날 게들레기

부르주아

농부의 몸에는
이가 많았다
농부는 못살겠다 아우성인데
이는 농부의 피를 빨아먹으며
살만 뒤룩뒤룩 찐다

벼룩은
서민들이 힘들어 하는데
내 알 바 아니라고
제 배만 부르면 그만이라고
폴딱폴딱 뛴다

우도 톳 채취 1

음력 2월 그믐물찌서부터 3월 그믐물찌까지
물때 맞춰 톳 채취를 한다

어렸을 적 톳 채취는
온 동네 사람들이 전부 나가야 했다
동네 사람이면 가구당 두 사람씩
해녀들은 톳을 캐고
남자들은 뭍에까지 바지게로 져 날랐다

아이들은 캐고 난 자리에서 이삭을 줍고
한 톨의 톳도 남김이 없었다
구황식물이나 다름이 없는 갯가의 톳
놓쳐서는 안 될 생계의 기반이었다

요즘은 이삭을 줍는 풍경도 없다
캐낸 톳 운반이 어려워 용역으로 할 판이다
그때 이삭을 줍던 아이들이 대를 이어야 하는데
삶을 찾아 뭍으로 떠났다

갯바위 돌밭이 인간에게 주는 선물인데도

캐내고 운반할 젊은 청년들이 없다

고희를 내다보는 내가 젊은 나이다
물을 흠뻑 먹은 톳 마대를 어깨에 메고
미끌미끌 울퉁불퉁한 머들 거벵이를
오르내리기가 불안불안한 나이다
그 옛날 바지게 풍경이 새록새록하다

* 머들 : 돌무더기

* 거벵이 : 경사진 곳

우도 톳 채취 2

톨은 음력 정이월 넘어사 실룬다
삼월 보름물찌 그믐물찌 너다섯물에서 시작허민
열ᄒᆞᆫ두물까지 해사 헌다
톨왓남쩌 톨밧남쩌 톨 허래 가게
ᄑᆞ래왓 가시리왓 나시난 톨밧도 남쩌
재기재기 걸라 오늘 헐 톨 다 못 허민
두 물찌에 다 못 헌다
모다들엉 홈치에 늦돋은 톨부터 허게
나이 먹은 사름들은 빌레에 봉당톨 허곡
젊은 사름들은 머을에 질찬 톨 허곡
ᄐᆞᆫ여에 톨이랑 왜살에 물 바짝 싸민 허곡

옛날엔 손으로 매영 물 빠지게 머들에 노민
바작에 담아주는 사름은
바작꾼들신디 재기 들어사랭 해영
물들기 전에 봉오리 찾게 해사 된다
요샌 호미로 비영 다라에 놩
포대에 담으민 ᄉᆞ나이들은 어깨에 메곡
여자들은 베로 졍 질 좋은디까지만 가민
경운기나 자동차로 날라간다

ᄒᆞ끔 편해기는 했쩌마는
물에서 ᄀᆞᆺ디꺼지 날라오는 게 어렵주
ᄀᆞᆺ디 온 톨이사 내불지 아니헌다
물들지 아니헐 때 재기재기 허게

2부 물에들레 가게

여

여,
라고 부르면
튼여

여, 여,
라고 부르면
난여

여, 여, 여,
불러도 대답 없는 여는
물속 숨은 여

묵언의 바다

섬 감싼
바다는
어머니 품 안

섬 후려치는
파도는
아버지 표상

속 물살 감돌 땐
속앓이하는
아내의 내심

밀물과 썰물이
드나들 땐
가족 소통

물에들레 가게

물에 가게 물에 가게
물츰 됨쪄 물에들레 가게
밭일이랑 갔당 왕 허고
물때 놓치면 물질 못 헌다게
테왁망사리 짊어지라
ᄀᆞᆷᄂᆞ렴쪄 ᄀᆞᆷᄂᆞ렴쪄
재기재기 촐리라게
고동여 물때 놓치켜
쏠물남쪄 ᄒᆞᆫ저ᄒᆞᆫ저 걸아
조금살이 물질 못 허민
웨살엔 생복여에 못 간다게
쏠물에 진코지로 빠저사
들물에 안깡으로 나기 좋나
숨비당보민 상거리물거리
구쟁기도 잡고 뭉게도 심어진다
ᄉᆞ망일민 생복도 봐 진다게

해녀의 샤머니즘

해녀들은 액이 닥치면
신神이 노한 동티라 한다

해녀의 신앙은
하늘도
땅도
예수도
부처도
공자도 아닌
바다의 신

용왕
영등할망께
굿으로 무당에게 빈다

숨빔질

한 번 숨벼 하늘 보고
두 번 숨벼 바다 보고
세 번 숨벼 목숨 걸고
열 번 숨벼 빈손이다

한 번 물속 웬수 생각
두 번 물속 자식 생각
세 번 물속 신세 한탄
열 번 물속 팔자타령

한 번 참아 들숨이고
두 번 참아 날숨이고
세 번 참아 숨비소리
열 번 참아 해녀 된다

*숨빔질 : 자맥질

ᄌᆞ문날

해녀들은 ᄌᆞ문날을
손꼽아 마음 설렌다

몸보신도 하고
영양제 링거도 맞는다

작업 도구도
꼼꼼히 챙긴다
잠자리도 뒤척인다

테왁망사리도
이걸 가져갈까 저걸 가져갈까?
만지작거린다

액은 물러가고
재수 좋으라고
작업 도구마다
침도 퉤퉤한다

그런데, 그런데
아침은 굶고 간다

숨비소리

들숨에 바다 보고
날숨에 속여 보고
컥, 소리
하늘 본다

들숨에 목숨 걸고
날숨에 목숨 살아
어~엉~휫
숨비소리 태동한다

고단한 소리

불볕더위 해녀들
이글거리는 돌 위에서
떼밀려 온 감태 건조 작업

감태를 모르는 관광객
가던 자동차 세우고
그게 뭐예요

땀범벅이 된 해녀
동그란 눈으로 쳐다보며
고생 안 헨 살암구나예

고단한 소리

해녀의 시선

아침엔 바다를 보고

낮엔 구름을 보고

저녁엔 바람을 보고

밤엔 파도 소리 듣는다

불턱엔

돌, 바람, 해녀가
오롯했던 곳

상군, 중군, 하군, 틀파리
서열의 질서가 있었던 곳

홍텡이 궃바당 할망바당에
불문율의 게석 공동체 리더가 있었던 곳

할망 어멍 뚤
소중이 입고 물질에 언 몸 모닥불에 녹였던 곳

역사 문화 전통은
안락한 해녀 탈의장으로

해녀의 나침반 1

여

튼여
난여
곰여
말여
셋여
진여
ᄀᆞ는여
생복여
고동여
곱은 여
숨은 여
목갈라진 여
나문 여
……
……
……

해녀의 나침반 2

코지岬

바람코지
진코지
졸락코지
동치코지
드렁코지
득생이코지
세비코지
광대코지
……
……
……

해녀의 나침반 3

안깡灣

장통알
늙은이물알
볼래낭알
듬북눌알
물코알
우병에알
동냥알
임충이강알
……
……
……

3부 해녀의 몸에선

해녀의 미소

해녀의 바닷물 속 작업은
웃을 수 있는 상황이 아니다
늘 긴장돼 있어 노심초사

50여 년 해녀 생활
결혼 40여 년의 세월

해녀인 아내가 웃는 얼굴을
본 기억은 별로 없다

수다는 있어도
농담을 진담으로 듣는 아내

변화무쌍한 일터인
바다밭만
바라보고 산다

해녀의 미소는
재수 좋고 운 좋은 날 흡족한 표정

물질

해녀질은
책으로 배울 수 없다

지식과 상식이
탁월해서 되는 게 아니다

인문학이 박식하다 해서
되는 게 아니다

숨을 오래 참는다 해서
되는 게 아니다

수영을 잘한다 해서
되는 게 아니다

기교와 재능이 탁월해서
되는 게 아니다

콩이 된장이 되듯
꽁치가 과메기가 되듯

해녀만의 곰삭은 지혜
해녀에게 물어 봐라

해녀의 몸에선

해녀의 머리에선 소금물이

해녀의 눈에선 눈물이

해녀의 귀에선 고름물이

해녀의 코에선 콧물이

해녀의 입에선 신물이

해녀의 손에선 얼음물이

해녀의 발에선 오줌물이

해녀의 몸에선 핏물이

해녀의 망사리에선 해산물이

뚝~ 뚝~ 뚝~

해녀의 미용

해녀의 로션은 바닷물

해녀의 크림은 갯바람

해녀의 매니큐어는 문어의 먹물

해녀의 향수는 갯내음

해녀의 마사지는 오줌물

여자일 때와 해녀일 때

뭍에서는 여자
바다에선 해녀

다소곳할 땐 여자
변화무쌍할 땐 해녀

인문학 소양일 땐 여자
지혜의 철학일 땐 해녀

생각할 땐 여자
직설적일 땐 해녀

객관적일 땐 여자
주관적일 땐 해녀

의논할 땐 여자
결정할 땐 해녀

말이 없을 땐 여자
수다일 땐 해녀

모질고 약할 땐 여자
독하고 강할 땐 해녀

가족에겐 여자
가정에선 해녀

돈이 없을 땐 여자
돈이 있을 땐 해녀

돈 생각할 땐 여자
해산물에 목숨 걸 땐 해녀

아파할 땐 여자
물질로 위안 삼을 땐 해녀

몸 아파 병원 갈 땐 여자
괴로워 신당 갈 땐 해녀

운명이라 여기고 살면 여자
팔자라 생각하고 살면 해녀

생트집 1

아침 궂은 날씨기에
물질 작업 못할 날씨라 했더니
아내는
날씨 보면 모르냐며
물질 안 간다는 소리로 들린단다
생트집에 멍했다

생트집 2

태풍이 잦아든 이튿날
아내는 창문을 열고
멍하니 바다를
바라보다 말고

아이 속상해

바다가 보이지 않는 곳에
살았으면 좋겠다며
창문을 쾅 닫는다

성깔하곤

생트집 3

텔레비전을 보다
칠팔십 연로하신 어르신
고달픈 삶을 보며
아내는
물질할 나이인데…
여운을 남긴다

해녀들은

해녀의 하루는 바다 날씨가 어떠냐에 달려 있습니다
해녀의 시계와 시간은 물찌와 물때입니다
해녀들은 물질하는 날 물질을 못하면 괜히 신경질입니다
숙련된 해녀들은 물질을 즐겁다 합니다
할망 해녀들은 물질은 호강에 재주라 합니다
해녀들의 아침식사는 물질을 하느냐 안 하느냐 달려 있습니다
해녀들은 밥심이 아니고 물힘으로 산다고 합니다
조금살이 물때는 아침 굶기가 일쑤이고
웨살 물때에는 아침밥을 잘근잘근 잘 씹어 먹어야 합니다
해녀들은 배가 부르거나 소화가 빨리 되지 않으면 안 됩니다
물구나무서기로 숨을 참고 작업하기 때문입니다
물속에선 서지도 앉지도 쉬지도 못합니다
해녀들은 감기에도 콧머리만 들으지 않는 한 물질을 합니다
코나 입으로 피를 토하면 시원하다 합니다
해녀들의 고질병은 난청 두통 위장병이 대부분입니다

해녀들은 저승에서 번 돈으로 이승을 살아갑니다
해녀들의 기분 좋은 날은 물숨 나는 날입니다
해녀들의 물숨은 들숨과 날숨이 있습니다
들숨은 위험하고 날숨은 숨을 오래 참는 것입니다
턱까지 참았던 숨, '컥!' 하면 살았다는 소리입니다
'어어엉~ 휘~이잇' 애잔한 숨비소리입니다
운 좋은 날은 왕머드레 트는 날입니다
수망 있는 날은 물건 많이 잡는 날입니다
해녀들은 머정 있는 해녀를 부러워합니다
머정 있는 해녀들은 헛무레질을 잘합니다
해녀들은 간밤에 꿈자리가 악몽이면 물질을 가지 않습니다
망사리가 차면 좋아하고 망사리가 곯으면 부끄러워합니다
바닷물 속 여와 엉덕 머들을 부여잡고 살아갑니다
해녀들은 상군, 중군, 하군의 위계가 엄격합니다
해녀들은 작업할 때 서로 간의 십 미터 반경을 침범하지 않습니다
바닷물 속 위험은 기량이 아닙니다
잘못하면 스스로 입은 잠수복이 수의가 됩니다

해녀들은 물질하다 죽는 것을 두려워하지 않습니다
강하고 억척스럽고 모질지 않으면 살아남지 못합니다
해녀들의 성깔은 바다 날씨처럼 변화무쌍하고 까탈스럽습니다
해녀들은 말소리가 커야 알아듣습니다
해녀들은 나긋나긋 살갑지 않습니다
하지만 해녀는 망하지 않습니다

*콧머리가 들으다 : 감기 걸려 코가 막히다
*머드레 : 못생긴 늙은 전복
*ᄉᆞ망 : 재수나 운
*머정 : 물질하는 기량

제주 해녀와 유네스코

2016년 12월 1일 0시 20분경
긴 여정 끝에
제주 해녀의 문화적 가치
유네스코에 깃발 꽂았다

유다른 선사의 원시적 어로 작업
맨몸에 숨을 멈추고 차디찬 바닷물 속 물질
해양 문화의 개척자며 선구자임에도
모르는 사람들은 외계인 시선이지만
죽음을 무릅쓰고 대대손손 쭉~ 끈을 이었다

흐드러질 땐 방심했던 불턱 문화
관습과 기술의 전승 보존 가치는
나라의 의궤만 중요한 것은 아니다
숨비소리와 함께 사라질 위기의 동아줄이다
배우지 못한 서러움 시대를 원망하다
하마터면 이마저도 해녀들은 모를 뻔했다

제주 삼다가 오롯했던 불턱 자리엔
돌담은 허물어져 간곳없고

바람은 계절 따라 오가고
해녀들은 새집 탈의장으로 이사 갔다

산전수전 다 겪은 해녀 할망들
남은 것은 골병뿐인데……

유네스코, 국제연합 전문기구,
인류 무형 문화유산, 자연유산, 세계유산……
생소한 낱말에 떡고물이라도 있지 않을까
어리둥절하는 해녀 할망들

인류가 보존 보호해야 할 문화로 인정받고도
두둥실 춤사위로만 끝나지 않았으면 좋으련만

죽어서도 물질하는 해녀

77세 해녀 할망
북망산천 가기 싫어

마라도에서 물질하다
물숨 먹고
열사흘 밤낮 바닷물 속에서
테왁망사리 부여잡지 못해
물길 따라 우도까지

혼백은 간곳없고 납덩이 칠성 지고
검은 고무 잠수복 수의 입어
고무 물모자
노란 손장갑에
빗창 차고 전복 찾아 구만 리

섬 끝 섬, 90여 킬로미터의 물길
바닷물 속
떠도는 고혼이 되어도
해녀는 바다밭을 떠나지 못했다

(2016년 5월 14일 일간지를 읽고)

내 지어미

갯가를 떠나 보지 못한 내 지어미
스물일곱에 지어미 되어 벌써 예순일곱
뒤웅박 짊어지고 고생길이 될 줄 몰랐던 내 지어미
배움보다 더 간절한 건 배고픔이었던 시절
애옥살이가 아니었더라면 내 지어미는 되지 않았을 걸

내 지어미가 되어서도 뒤웅박 동아줄이
밥줄이고 생명줄이 될 줄이야
두 다리 뻗고 편히 한번 쉬어 보지 못한 내 지어미
뭍에선 몸뻬 바다에선 스펀지 고무옷 번갈아 입는 내 지어미
내 지어미가 아니었으면 꿈과 희망의 나래를 펼칠 내 지어미
자식 키우고 가정사 일구니 내 지어미 인생은 없네
뼛골이 빠지고 문드러진 몸에는 옹이만이 내 지어미의 것
겹겹이 쌓이는 상처에 각질
피부라는 낱말은 호사인 내 지어미
배우지 못한 한으로 날밤 지새우는 내 지어미

팔자라고 한탄하는 내 지어미
온갖 풍상 다 겪고 나니 골병뿐인 내 지어미

속여

물이 써면 보이고
물이 들면 보이지 않는 여

알 듯 모를 듯
40여 년을 넘게 살았는데

물결인지 파도인지
썰물인지 들물인지

맑은 날인지
흐린 날인지

여자일 때가 있는가 하면
해녀일 때가 더 많다

2016년도 해녀의 메뉴

소라, 1킬로그램에 오천 원
전복, 1킬로그램에 십오만 원
오분자기, 1킬로그램에 육만 원
문어, 1킬로그램에 만팔천 원
해삼, 1킬로그램에 이만 원
성게알, 1킬로그램에 칠만 원
톳 1등품, 30킬로그램 한 마대에 이십삼만사천삼백 원
우뭇가사리 1등품, 30킬로그램 한 마대에 십육만오천 원

4부 아홉 살 울 엄마

어머니의 분신

어머니가 쓰시던
못 쓸 생활 도구들
깨지고 찌그러진
헐고 꿰맨 윗도리 몸뻬 바지
끈적끈적 미끌미끌 눅눅한 것들을
버리고 태웠더니
어머니 왈,
나
버리지 못하니
내
분신들을 버리느냐
울상의 표정
나는
멈칫 멍~했다

아홉 살 울 엄마

구십 연세 넘으신 울 엄마
유치원생

세수하세요
목욕하세요
옷 갈아입으세요
밥 먹으세요
밥 먹을 땐 앞치마 하세요

그래도 울 엄마다

울 엄마 아기 되지 않았으면
좋겠다

기저귀 갈고
똥오줌 치우는데

그래도 울 엄마다

엄마라 부르면 기쁨인데
어머니라 부르면 목이 멘다

세상에서 가장 위대한 소리, 어머니

세상에서 가장 웅장한 소리, 어머니

세상에서 가장 슬픈 소리, 어머니

세상에서 가장 애잔한 소리, 어머니

세상에서 가장 고요한 소리, 어머니

세상에서 가장 긴~ 소리, 어~ 머~ 니~

세상에서 가장 기쁠 땐 엄마가 없다

어~
머~
니~

엄마의 눈

오줌주머니 끌고 다니시는
우리 엄마
진료받으시며
주머니 차지 않겠다
강짜 부린다

이제 그만
편히 죽었으면 좋겠다
입에 달고 살기에

어머니,
죽을 용기 있으세요
비수의 불효를 했더니

멈칫멈칫 소눈처럼
껌벅껌벅인다

그런데

연로하신 어르신들
고달픈 삶

나는 늙어
저리 살지 않으리라 여겼다

나이 들며 어른들의 말을 곱씹는다
내 나이 돼 봐라 하시던 말씀

자동차 공업사엔

자동차 공업사엔 고장 난 차만 간다
고장 난 차라고 다 갈 수 있는 곳은 아니다
전문 업체에서 검진하고 처방받아 절차를 밟아야 한다
집에선 관리 보호하는 사람이 꼭 붙어 있어야 하는 차들이다
시동이 걸렸다 멈췄다 하는 차
시동이 걸려도 자동차 구실을 제대로 못하는 차
거리에 방치된 주인 없는 차
두 바퀴로 씽씽 달려야 할 차인데
네 바퀴로 겨우 움직이거나 거동을 하지 못하는 차도 있다
연료와 오일을 가리지 못하고 늘 걸레를 달고 다니는 차도 있다
겉은 번지르르한데 이따금 엔진이 고장 나면 소리가 괴성인 차도 있다
엔진은 멀쩡한데 겉이 형편없는 차는 더 안쓰럽다
덜 고장 났을 때 조치를 취했더라면 자동차 공업사엔 오지 않았을 걸
부품을 갈면 움직일 수 있는 차인데

부품을 갈아도 오래가지 못함은 마찬가지라 망설이는 차도 있다
어떤 차는 맡겨 놓고 내다보지 않는 차도 있다
연식이 오래되어 정상적으로 움직이기는 어려운 차들이다
필요할 땐 내 차, 네 차, 우리 차 하던 차였다
비싸고 값이 나가는 차였더라면 자동차 공업사에 맡기지 않을 차다
쓰다 쓰다 노후된 차로 고장 나서 걱정하게 될 줄 몰랐었던 차들이다
영원히 가족만을 위해 비가 오나 눈이 오나 바람막이가 될 줄 알았던 차였다
막상 제 기능을 할 수 없게 되니 도리 없이 비용 지불하고
언젠가는 자동차 공업사에서 폐차될 자동차
오래된 차여서 집에서 관리하다간 노화 부식이 빨리 될 것 같아
전문인의 손길 있는 공업사에 안전하게 관리할 수 있게 맡기는데
속사정을 모르는 사람들은 차 주인을 가늠하며 혀를

찬다
 자동차 공장에 맡겨야 할 차인데 체면치레 때문에 못 맡기는 차도 있다
 공업사에 자동차 맡기고 돈만 주고 관리와 정비를 부탁하는 차가 대부분이다
 폐차되어야 아쉬워하고 후회하고 서러워하고 통곡하리라

 요양원에 계신 구십 연세 넘으신 어머니가 생각난다

백수白壽의 어르신

등 굽은 칠십 대 자식, 아기 같다며
앞서간 남편 묘 앞에서 두 손 모아
어서 나를 데려가라 기도하신다
혼자 가서 편하시냐 하신다
가을 날씨와 노인의 근력은 믿지 못한다

외는 늙으면 먹을 게 없다
씨는 올곧게 품었다
자식 밥해 먹을 것을 걱정하는 어머니

왜, 찌푸리며 사냐
가을 주고 간다, 가을 받고 간다
익어 가는 벼를 보고
귀엽다 귀엽다 하시며
벼를 어루만지신다

고부 관계

효부상을 받은 며느리와 인터뷰
사회자의 축하 인사에

며느리는
내가 잘해서가 아니라
어머님이 잘해 줘서라며
고마움을 시어머니께 돌렸다

사회자가
시집살이는 하고 살았나요 했더니

시집살이 시키지는 않았다는 며느리
그래도 너는 시집살이했지 하시는 시어머니

물질이 아니라 몸과 마음이
찬밥 서러움 시집살이했다 하는
시어머니는 며느리를 고마워한다

서로의 고마움을 떠미는 관계

꽃

자식이 안되면
어머니 얼굴엔
이슬이 맺히고

자식이 잘되면
어머니 얼굴엔
꽃이 활짝

고목

풍성한 잎사귀 땐
더우면 그늘이었고
추우면 바람막이였다

세월이 흐르고
이파리가 다 떨어지고
가지마저 바람에 꺾이니

부석부석한 나무 되어
쓸모가 없으니
불쏘시개로 사라지는구나

모정

엄마는
자식이 아프다 하면
가슴이 내려앉는다 하고

엄마가
아프면
몸살이라 한다

엄마는
열 손가락 중
아픈 손가락을 더 사랑한다

순리

나이 든다 아쉬워 말자
때가 되면 간다는 것을 받아들이자
생물학적 자연의 순리를 이기려 하지 말자
허리가 구부정하면 자세를 낮추자
관절이 아프면 앞서가지 말자
배가 나오면 먹을 것은 먹되 맛있는 것은 소식하자
눈이 침침하거든 보이는 것만 보자
귀가 잘 안 들리거든 들리는 소리만 듣자
말이 더듬거려지거든 잔소리를 하지 말자
기억력이 가물거려지거든 생각나는 것만 기억하자
머리가 허예지거든 때가 되었다 생각하자
다툴 일이 있으면 져 주면 된다
할 일이 있으면 알아서 하라 하자
욕정이 생기거든 주책이겠지 하자
삶에 집착하지 마라 인생의 봄은 한 번이라 생각하자
재물에 탐욕하지 마라 재물은 소모품이라 여기자
세월이 빠른 게 아니라 계절이 짧다 느끼기 때문이라 생각하자
나이 드는 것은
삶을 포기하는 게 아니라
마음을 추스르는 것이라 생각하자

5부 무쇠솥 눈물

부부

죽을 때까지
한 송이 꽃만
봐야
무슨 꽃인지
알 수 있을런가

짝사랑

모기장 속
모기 한 마리

말려도 말려도
목숨을 건다

나도
저런 적이 있었던가

무쇠솥 눈물

보릿짚 불로
밥하던 시절
불이 꺼지면
입으로 불어
불을 살렸다
매운 연기로
울고 있으면
솥도 울었다
솥뚜껑 열면
눈물을 왈칵
쏟고 그친다
추억이 섧다

숯

나무로 살았으면
썩고 문드러질
삶을 살았을 걸

고통을 참고
숯으로 거듭나니
변하지 않는 삶을 산다

선도

교과서 같은 지도자는
입으로만 착한 척한다며

선배!

도둑질하는 아이들과
같이 도둑질해 봤어요

무조건 안 된다 하지 말고
가슴으로 안 된다 해 봐요……

내리사랑

해녀 할망
오랜만에 전복 하나
트고 보니 파치복
운수대통 잡은 전복
손자 줘야 한다며
기뻐하네

다섯 살배기 충언

국정농단
파동 때

친구가
서울 사는 다섯 살배기 손자와
전화 통화

할아버지!
나라꼴이
이게 뭐꼬

익살

남자 목욕탕 욕조엔
따뜻한 물이불
계층을 초월한
두상만 두둥실 떠있는 마네킹

눈만 껌벅이며 평화롭다

추가 달린 두 종류의 시계

연식이 오래되지 않은 추는
앞뒤로 그래그래 탱글탱글 끄덕이고

연식이 오래된 추는
좌우로 아니라 한들한들이다

시, 삶아 먹을 수 있으면

아내는 마루에서 땅콩 까고
나는 방에 있었다
점심 밥상머리에서 나는
미안해서 시, 한 꼭지를 하고 얼버무렸다
아내는
시, 삶아 먹을 수 있으면 좋겠다 한다

안비양 해녀의 집

제주의 동쪽 끝 안비양 해녀의 집
광대코지 언덕배기 소섬 1번지
허름한 콘크리트 집
ᄐᆞᆫ비양 들어가는 신비의 길목
날아오르는 태양의 기를 받는 집
소원성취 돌 의자가 있는 곳
서른셋 옹골진 할망 ᄌᆞᆷ수들
물에들엉 고동 생복 뭉게 해섬 잡아당
돌멩이로 닥닥 깨엉 장사헌다
ᄒᆞᆫ 접시에 삼만 원 넘는 건 어쩌
군고동은 이만 원
말만 잘 허민
공짜로 ᄐᆞᆯ도 ᄆᆞᆷ도 메역도 ᄒᆞᆫ 접시 준다
상군, 중군, 하군, ᄐᆞᆯ파리
ᄌᆞᆷ녀들 물에들민
날 때까지만 ᄉᆞ나이들 장사헌다

* ᄌᆞᆷ녀, ᄌᆞᆷ수 : 해녀

* 물에들엉 : 물질 작업해서

* 잡아당 : 잡아서

* ᄒᆞᆫ 접시 : 한 접시

* 어쩌 : 없다

* 군고동 : 구운 소라

* ᄆᆞᆷ : 모자반

* 상군, 중군, 하군, 틀파리 : 해녀의 무리 군단

* 물에들민 : 물질 작업 가면

* ᄉᆞ나이들 : 남자들

우도이야기

이곳 '우도이야기' 식당, 게스트하우스는
우도 북북서쪽 하늬브름코지 '돈올레 개맛浦口'
'돈 들어오는 올레 포구'란 의미가 깊은 곳

1980년대 중반까지 우도 방ᄆ루에서만 낚던 저립고기
생산 판매지가 바로 이곳이었다
맛도 별미였던 200여 킬로그램의 바닷고기는
어장 환경의 변화로
그림 속 신화의 고기로 사라진 곳

이곳에서 한라산의 풍광은
어머니가 오밀조밀한 숫처녀의 젖무덤 같은 오름을 품은
한 폭의 풍경화
밤경치 또한 어느 쪽이 섬인지 착각케 하는
바다 건너 띠 모양의 형형색색의 불꽃 향연
야경의 은은함에 매료되는 곳

후덕하고 정 많은 멋쟁이 내 후배 계환이는
맛 찾아 떠도는 방랑생활을 접고
태곳적부터 대를 이어 태어난 이곳에

가족들과 맛있는 음식점과 안락한 게스트하우스를
열었다
아들 동혁이의 꼼꼼하고 맛깔나는 손맛 음식 솜씨로
가족들은 성심성의껏 오는 손님을 반긴다

흫아와 줜 고맙수다
촘말로 고맙수다

*방므루 : 물발이 세기로 이름난 바다밭

해달섬

이곳 해달섬 식당은
우도 동쪽 비양동 ᄌᆞ름바위
겨울엔 ᄇᆞ름의지 빌레에서 돼지 추렴을 했던 곳
지금은 해안길로 바위의 비경은 묻혀 버린 곳

대해에서 떠오르는 해와 달의 찬란함과
바로 앞 비양도 섬 풍광을 더해서 '해달섬'
봄이면 버난지와 해산물의 보고인 곳

토박이 내 후배 광석이가
식객으로 국내외 방랑하며 배우고 익힌 요리 솜씨로
손님들의 입맛을 돋우는 추억의 해달섬 식당

회면 회, 찌개면 찌개, 탕이면 탕……
한번 먹어 본 사람이면 다시 찾는 해달섬 식당

오젠허나 고생 만이 해수다

*ᄌᆞ름바위 : 'ᄌᆞ름'은 '좁은'의 제주 방언

*버난지 : 떠밀려 온 해초

머하멘

이곳 머하멘 식당은
우도 동쪽 비양동 갯가 먹돌게 언덕배기
앞엔 안비양 바닷물이 써면 깅이모살이 나는 곳
야간 공연장이 있어 들물과 썰물이 공존하는 곳
내가 태어나고 자란 추억이 아린 곳이기도 하다
소싯적 먹돌게 동산에서 올레까지 길 폭은
한두 사람이 지날 수 있는 돌 동산 길이었다
큰 태풍 때는 이곳까지 바닷고기가 올라오기도 했다
올레를 나서 낚싯줄을 드리우고 가문돔도 낚았었다
즉석 회를 만들어 먹었던 곳
물이 써면 뭉게, 해섬, 고동도 많았었다
바당에 구황식물로 메역, 가시리, ᄑᆞ래로 국 끓여 먹고
톨에 패마농 ᄆᆞᆯ앙 멜젓 국물에 아가리 ᄀᆞ득 반찬으로 먹었었다

후덕한 내 사랑하는 후배 석현이가
오대양 육대주를 누비다 이곳에 식당을 열었다
좀 서툴기는 하지만 해물라면 맛은 끝내준다
먹어 본 사람만이 그 맛을 안다

지나는 길에 맛의 미각을 품고 갈 곳이다
덩치만치나 후덕하고 따뜻하다

안 먹엉 가민 애ᄃᆞᆯ아
똑 먹엉 가사험네다

*머하멘 : 무엇을 하냐

*먹돌게 : 매끈하고 까만 돌이 있는 곳

*깅이모살 : 하얀 바닷게가 서식하는 모래

*올레 : 길에서 집 마당 어귀까지의 좁은 길목

*가문돔 : 감성돔

*뭉게, 해섬, 고동 : 문어, 해삼, 소라

*톨, 메역, ᄑᆞ래 : 톳, 미역, 파래

*패마농 ᄆᆞᆯ앙 : 쪽파를 말아서

*멜젓 국물 : 멸치 젓국

*아가리 ᄀᆞ득 : 입 안 가득

등머울

이곳 등머울 카페 펜션
섬 속의 섬, 섬, 동쪽 끝
비양도飛陽島 돌담 ᄃᆞ리성창 왼쪽 끝자락
유일한 첫 민가, 제주 본섬에 반도처럼 보이는 곳
우도 지번이 시작되는 곳이기도 하다
이곳 비양도는 해가 날아오른다 해서
붙여진 이름
아침 해의 기氣를 뿜어내는 곳
이곳 사람들은 비양도를 안비양이라 한다
돈짓당과 연대 개맛이 오롯한 곳
물이 써야 갈 수 있는 신비의 ᄐᆞᆫ비양엔
돌그물과 등머을 오다리여가 있는 곳

삼다가 오롯한 그 옛날 불턱은 해녀 탈의장
해녀 할망들이 잡은 고동 한 접시 먹고
돌의자에 앉아 소원을 빌고 기氣를 받아
등머울 펜션에서 하룻밤 머물며 일출을 보고
카페에서 차향 풍광에 추억 남기리

우도 십경 중 구경인 남도비양南島飛陽이기도 하다

* 등머울 : 사람의 등 모양 매끈한 돌

* ᄃᆞ리성창 : 선창

* 삼다 : 바람 여자 돌

* 돈짓당 : 무사안녕을 비는 곳

* 할망 : 할머니

* 불턱 : 불을 쬐는 곳

* 고동 : 소라

* 연대 : 통신수단

* 안비양 : 해산물의 보고인 곳

* 개맛 : 포구

* 오다리 : 가마우지

* 여 : 바닷속 돌 동산

6부 인생

삶

눈 뜬
소경으로
치열하게 사는 거다

답이 있으면
명답
답이 없는 게
정답

인생

봄
여름
가을
겨울

꽃피는 봄은
다시 오지 않는다

중매

나무는 찌르는 통증을
못은 때리는 아픔을 참고
견뎠더니 하나 되었다

망치는
백년해로 맺어 주었다

결혼과 인내

출발선에 선 마라토너
포기하지 않을 것이라
다짐한다
평지만 있을 줄 알았다
어지간한
오르막쯤이야 했다
내리막은
좀 편할 것이라 여겼다
고단함은
다리에만 있을 줄 알았다
포기하고도 싶었다
가슴이 답답할 땐
숨고르기를 했다
땀 흘리고 난
물맛은 꿀맛이었다
포기할 수 없는
경지에 이르러서야……

가족 1

아버지는
괜찮아 괜찮아

어머니는
그래그래

형제들은
걱정 마 걱정 마

모두는
사랑해 사랑해

가족 2

밥이
맛이 있을 때가
있는가 하면
맛이
없을 때도 있다

배가 부르면
보고픈 줄 모르다

배고프면
찾게 되더라

가정

젖은 빨래가
보송보송하기까지는
빨랫줄과
두 기둥이 있어서다
어느 것 하나 소홀해선 안 될
제자리에서 버티니
줄도 가벼워지고
눈물 떨구던 빨래도 팔랑이니
기둥도 마주 보며 웃는다

가장

무거운 짐을 실은
지게가 버티는 것은
가냘픈 작대기

너무 기울여도
너무 빳빳해도
되똑거린다

빈손

어머니는 빈손이면서
자식에겐 빈손이면 안 된다 하신다

어머니는 배가 고프면서
자식은 배고프면 안 된다 하신다

어머니는 줄 것이 없는데도
자식에겐 그래그래 하신다

어머니는 자식에게 갈 때
빈손이면 죄인 같다 자책하신다

어머니는 어머니는 빈손이시면서
부자라 하신다

어머니는 어머니는 우실 때
눈물 흘리지 않으신다

육부능선

산 정상에서
육부능선까지
내려온 것 같다

올라갈 때
내려오는 사람들
그때가 좋을 때라 하신다

벌초

풀 베어 단장하니
질그릇 소반에
삶은 계란
반 토막

뼈대 자랑하는 집안
돌 말뚝에 후손 자랑하며
고풍 차판에 고봉밥 놓고

후손 잘되게 해 달라
내년에 찾아뵙겠다
인사하고 돌아오는
연례행사

갑년

우도엔 같은 해에 태어난 남자들의 연례 모임이 있다
태곳적부터 이어온 예칭, 갑회란 친목
환갑이면 해산되는 모임
구황식물도 어렵던 시절
먹고살기 위해 떠날 친구들은 떠났고
장남이나 사연 있는 머슴만 남았던 시절
20대 장가가야 구성원이 됐다
음력 선달 스무닷새를 기점으로 돼지 추렴을 한다
설날 제수품 장만하기 위한 친목
짧았던 수명 환갑까지 산 친구는 그리 많지 않았던 시절
전통과 문화적 맥을 잇고 있다
산업의 발달로 추억의 돗통새는 1990년대 사라졌다
양돈장 추렴 돼지도 2015년까지였다
추렴 돼지는 아니지만 성게 소라 풍성한 먹을거리에
윷놀이로 기쁨의 정을 나눈다
60대 끝자락 모이면 초등생
야, 자, 너, 나, 놈……
상스러운 말투도 정겹다

품격, 인격, 지위, 명예 치열했던 삶의 투쟁도 다 내려놓고
다시 만날 날을 헤아리며
지는 해에 친구의 뒷모습에 내년을 기약한다

작품 해설

• 강영수 시인의 작품세계

사랑과 애정이 깃든 향토적 시의 여정

강상돈(시인)

1

강영수 시인은 지난 1998년부터 2006년까지 북제주군의회 3대, 4대 의원으로 의정 활동을 한 적이 있다. 당시 필자는 연설문 작성 업무를 맡은 의회 직원으로 곁에서 그를 보좌했던 적이 있어 지금까지 그 인연의 끈을 놓지 않고 있다. 이러한 인연이 이번 시평을 쓰는 계기가 되었다. 가까이서 지켜본 바로는 강영수 의원은 다른 의원들과 다르게 틈틈이 언론 기관에 기고를 하는 등 글솜씨가 뛰어났던 것으로 기억하고 있다. 이렇게 쓴 글을 모아 2권의 언론 기고 모음집을 발간하기도 했으니 그의 글솜씨가 어느 정도인지 짐작할 수가 있다.

의정 활동을 마감한 이후에는 우도 보좌관으로서 도서민의 심부름 역할을 하기도 했으며 보좌관 시절인 2009

년 『대한문학』에 수필가로 등단했고, 그 이듬해에는 같은 문학지에 시인으로 등단함으로써 명실공히 작가와 농부의 삶을 살고 있다. 등단 이후 수필집 『내 아내는 해녀입니다(정은출판, 2013)』, 『바다에서 삶을 캐는 해녀(정은출판, 2016)』와 시집 『우도 돌담(2014)』을 낸 바 있다.

강영수 시인은 예나 지금이나 우도와 해녀에 대한 관심이 유별히 남다르다. 그런 마음가짐이 이 시집에도 고스란히 녹아 있다. 두 번째 시집을 내는 강영수 시인에게, 오늘의 詩作은 곧 자신의 삶을 돌아보면서 그동안 감춰 놨던 생각들을 조심스레 세상 밖으로 내보이는 과정이라 할 수 있다.

작가 서문에서 밝히고 있듯 시인은 "무관심을 관심으로" 바꾸고, "별것 아닌 것에 관찰을" 하는 삶 속에서 시를 건져 올리고 있다. 그의 시편들은 오로지 우도와 해녀를 향하고 있다. 특히 우도에 대한 강한 애정을 보여주는 작품들이 주를 이루고 있다. 섬은 "선조들의 등짐으로 돌담을 쌓아 연결된 곳"이고, "바람과 파도 소리가 어우러진 교향곡"(「비양도飛陽島」)인 셈이다. 여기서 더 나아가 섬은 사치를 모르고, 찬란하지 않다고 피력하고 있다. 그런가 하면 "섬은 말이 없고 다소곳하다 / 외롭고 고독한 게 섬이다"(「섬」)라고 하고 있다.

이런 그의 작품은 외고집으로 보일지 모르지만 그만의 강한 개성이라 할 수 있다. 이제 강영수 시인이 그토록 애정을 갖고 써 내려간 시편들 속으로 들어가 보자.

2

강영수 시인의 시편의 밑바탕은 한마디로 '사랑과 애정'이라 정의할 수 있다. 그의 이러한 사랑은 사춘기의 열병과도 같은 풋풋한 사랑이다. 혼자 애타는 사랑, 아니면 가질 수 없는 사랑, 놓치기 힘든 사랑일 수도 있다. 그러나 그 기저는 겸손의 미덕에서 출발하고 있다.

강영수 시인의 작품은 대부분 빼어난 풍광을 자랑하는 우도라는 자연환경 속에 집약되어 있다. 그의 시편들은 우도의 구석구석과 거기 터 잡고 사는 사람들의 애환을 그려 내고 있는데, 작품 하나하나가 그 자연환경에 순응하면서도 한편으로는 차분하고 예리한 시각으로 변해 가는 안타까운 현실을 직시하고 있다.

누가 오라는 사람도 없다
그렇다고 가라는 사람도 없다
누군가 섬에 가선 안 된다는 사람도 없다
섬은 사람을 부르지 않는다
내쫓지도 않는다
섬은 사람을 그리워하지 않는다

섬은 사치를 모른다
찬란한 섬은 없다
섬은 말이 없고 다소곳하다

외롭고 고독한 게 섬이다
하늘 땅 바람 바다가 공존하는 게 섬이다

저 섬에 가 봤으면 하는 사람들
돈 들고 섬 사러 오지 않으면 좋겠다
섬은 흥정하는 물건이 아니다

-「섬」 전문

누가 가든 누가 오든 아랑곳하지 않고, 묵묵히 자기의 역할을 다하는 섬 우도. 그렇다고 사람을 부르지 않고, 내쫓지도 않는 섬, 사치도 없고, 찬란하지도 않다. 그저 말이 없고 외롭고 고독할 뿐이다. 겸손 그 자체이다. 이는 시인과 꼭 닮았다. 이런 섬이기에 누구나 가고픈 곳이고 여기서 오래도록 머무르고 싶은 곳이기도 하다. 그래서 그런지 예전보다는 우도에 사람들이 몰리고 있다. 그러나 이는 썩 반가운 일만은 아닐 것이다. 어느 때부터인가 "하늘 땅 바람 바다가 공존하는" "섬에 가봤으면 하는 사람들"은 돈다발을 들고 땅 몇 평 사려고 흥정하길 주저하지 않기 때문이다. "섬은 흥정하는 물건이 아닌데"도 말이다. 이런 모습을 본 시인의 마음은 얼마나 안타깝고 가슴이 아플까. "설문대 할망의 설치 예술품"(「전설 속 소섬」)인 섬, 그냥 놔둬도 좋기만 한 섬인데, 사람의 손길이 미치면서 우도가 지녔던 소박한 모습은 일순간 온데간데없이 사라지고 황폐화되는 건 시간문제다. 다음 시는 이러한 모습을 적나라하게 표현하고 있다.

굽은 나무
선산 지켰다

굴러온 돌
박힌 돌 쳐내고 있다

멀쩡한 이 뽑아
임플란트 심어 간다

-「병들어 가는 우도 1」 전문

짧지만 심지가 굵은 수작이다. 은유도 빼어나다. 오랫동안 선산을 지켜온 나무처럼 오래도록 존재해 온 섬 우도. 우도만이 가진 매력 때문에 어느 날 갑자기 외지인들이 들어오면서 섬이 예전의 본모습을 점차 잃어 가고 자연환경 또한 파괴되고 있음을 지적하고 있다. 더욱이 그들은 개발이란 이름 아래 박힌 돌 쳐내듯 섬 여기저기를 마구 파헤치고 있으니, 이것을 보는 시인은 그저 안타깝기만 하다. 외지인들이 들어와 섬사람들을 내쫓고 그 자리를 대신 차지하여 주인 행세를 하고 있다. 임플란트는 원래의 이를 대신할 수 있을지는 몰라도 온전한 이가 될 수는 없다. 그냥 놔둬도 좋은데 굳이 "멀쩡한 이 뽑아 임플란트 심고" 있는지 모르겠다고 하소연하고 있다. 이러한 인식은 다음 시에서도 잘 알 수 있다.

풍광이 명당인 자리엔
흉물인 마귀가 들어서고

앙상블의 돌 동산은
독감에 몸살인 듯 콕콕 탁탁 쾅쾅 쉴 새가 없다

아름답고 예쁜 민얼굴에
성형하고 화장한다

사람은
돈맛 들린 전염병에 난치 불치다

-「병들어 가는 우도 2」 일부

이 시에서 와닿는 것은 "아름답고 예쁜 민얼굴에 / 성형하고 화장한다 // 사람은 / 돈맛 들린 전염병에 난치 불치다"란 구절이다. 그냥 놔둬도 아름답기만 한 우도에 사람들은 무슨 욕심인지 거기에다 성형을 하고 화장을 하듯 덧칠을 가하니 이게 돈맛 들린 병이 아니고 무엇이냐고 시인은 개탄한다. 이렇듯 망가지고 곳곳에 상처가 나는 등 우도가 예전의 본모습을 잃어 가고 있음을 시인은 안타까워하고 있다. "풍광이 명당인 자리엔 / 흉물인 마귀가 들어서고", 콕콕 굴삭기만이 바쁜 우도의 개발 현장을 "덧칠하듯 화장을 일삼는다"라고 비판한다. 화장은 본디 본모습을 숨기고 겉모습을 화려하게 꾸미는 것임을 미루어 볼 때, 시인은 이것이야말로 난치병이고 불치병이라고 진단을 내리고 있다. 또, 굴삭기 소리도 "콕콕 탁탁 쾅쾅"이라고 의성어로 연달아 표현함으로써 지속적으로 파괴가 이루어지고 있음을 지적하고 있다. 이러한 연장선에서 우도가 망가지는 주원인은 "저만 배부르면 된다고 / 돈이면 못할 짓 없다는 놈들"(「상처」)이라고 주저 없이 말하고 있다. 이러한 상황 속에서도 옛일을 회상하며 현 상황의 안타까움을 그린 글에 시선이 멈춘다.

어렸을 적 톳 채취는
온 동네 사람들이 전부 나가야 했다
동네 사람이면 가구당 두 사람씩
해녀들은 톳을 캐고

(중략)

요즘은 이삭을 줍는 풍경도 없다
캐낸 톳 운반이 어려워 용역으로 할 판이다
그때 이삭을 줍던 아이들이 대를 이어야 하는데
삶을 찾아 뭍으로 떠났다

-「우도 톳 채취 1」 일부

우도는 땅콩으로 유명하지만 톳이 좋기로도 유명하다. '톳'은 칼슘, 요오드, 철 등의 무기 염류가 많이 포함되어 있어 식량이 많이 부족했던 보릿고개 시절에 구황용으로 곡식을 조금 섞어서 톳밥을 지어 먹기도 했다. 한때 톳은 일본 사람들이 좋아해서 전량 일본으로 수출될 만큼 인기 있는 해산물이기도 했다. 이 시를 보면서 필자도 어렸을 때 어머니가 어디선가 가져온 톳에 밥을 비벼 먹었던 기억이 새롭게 다가온다. 톳은 바다의 암초 위에 자라므로 톳을 캐기 위해서는 물때를 맞춰 작업을 해야 한다. 그래서 동네 사람들이 전부 나가 빠른 시간 내에 캐야만 하는 시간과의 다툼을 요하는 작업이다. 그리고 톳 수확은 동네 사람들이 모두 나서서 같이 해야 하는 마을 공동체 작업이다. 작업이 끝나면 아이들이 캐다 남은 톳이삭을 줍곤 했는데, 대를 이어야 할 그 아이들이 자기의 삶을 찾아 섬을 떠나 버려 이제 톳 작업도 사람을 사서 돈을 얹어 줘야 할 판이 됐다. 이러한 아쉽고 속이 타는 심정을 그리는 시인의 마음이 처연하기까지 하다.

3

시인의 아내도 해녀인 만큼 그의 시편 중에는 해녀를 소재로 한 작품들이 많다. 해녀를 소재로 한 시는 어쩌면 숙명적일 수밖에 없을 것이다. 그는 일찍이 수필집에서 해녀에 관한 글을 수록했다. 그만큼 그는 해녀와는 떼려야 뗄 수 없는 숙명적 관계를 가지고 있다. 이 시집도 예외는 아니어서 해녀와 관련된 글이 많다. 해녀의 물질은 고달프고도 힘든 작업 중의 하나이다. 필자는 평소에 강영수 시인이 종종 '이 세상에서 해녀의 물질만큼 고달프고 힘든 일은 없을 것'이라고 말했던 것을 기억하고 있다. 육지 사람들은 해녀가 물질하는 것을 그저 낭만적인 모습으로 바라본다. 해녀의 물질이야말로 목숨을 내맡기고 해야 하는 작업이어서 밖에서 보는 것처럼 그렇게 낭만적이지는 않다. 물질하는 일터는 "묵언의 바다"요, "시간을 놓치면 작업을 못하는 것"이 물질이다. 더욱이 "들숨에 목숨 걸고 / 날숨에 목숨 살아 / 어~엉~휫 / 숨비소리 태동"(「숨비소리」)케 하는 것이 물질이다. 다음 시를 보면 해녀의 감태 작업 현장을 보는 외지인의 인식이 어떠한지 미루어 짐작할 수 있다.

불볕더위 해녀들
이글거리는 돌 위에서
떼밀려 온 감태 건조 작업

감태를 모르는 관광객
가던 자동차 세우고
그게 뭐예요

땁범벅이 된 해녀
동그란 눈으로 쳐다보며
고생 안 헨 살암구나예

고단한 소리

-「고단한 소리」 전문

작품에서 나타나듯 해녀들이 감태를 건조하는 광경을 보는 외지인들의 시선은 왠지 낯설기만 하다. 처음 보는 낯선 광경이 궁금하기만 하다. 해녀들의 고단한 작업을 전혀 모르는 그들로서는 경험해 보지 못했던 광경이기에 신기하기까지 할 것이다. 대화체 형식으로 된 이 시에서, 해녀들의 감태 작업을 본 외지인들이 "그게 뭐예요"라고 묻고, 그 말을 들은 해녀들은 "고생을 안 하고 사시는군요"라고 대답한다. 마치 그 대화를 곁에서 지켜보는 것 같은 착각이 인다. "고생 안 핸 살암구나예"란 표현에서는 핀잔을 주는 것도 같지만 어딘지 모르게 다정하고 따뜻한 해녀의 모습을 엿볼 수 있다. 시의 제목이 '고단한 소리'인데 시의 맨 끝에 다시 "고단한 소리"라고 한 행으로 표현하고 있다. 이는 해녀들의 작업이 고단하고 힘든 일이라는 것을 암시적으로 강조하기 위한 하나의 기법이라 할 수 있으며, 우리는 이 말의 의미를 곱씹어 볼 필요가 있다.

해녀들은 "아침엔 바다를 보고 // 낮엔 구름을 보고 // 저녁엔 바람을 보고 // 밤엔 파도 소리 듣는다."(「해녀의 시선」) 그렇다면 해녀들은 어떻게 물질을 배워 바다에서 해산물을 캐내는 걸까? 그것은 직접 경험해 보지 않고는 결코 배울 수 없는 것이다.

해녀질은
책으로 배울 수 없다

지식과 상식이
탁월해서 되는 게 아니다

인문학이 박식하다 해서
되는 게 아니다

숨을 오래 참는다 해서
되는 게 아니다

수영을 잘한다 해서
되는 게 아니다

기교와 재능이 탁월해서
되는 게 아니다

콩이 된장이 되듯
꽁치가 과메기가 되듯

해녀만의 곰삭은 지혜
해녀에게 물어 봐라

-「물질」 전문

이처럼 해녀의 물질은 책에도 없는 것이요, 지식과 상식이 탁월하다고 될 수 있는 것은 더더욱 아니다. 기교와 재능이 있다고 할 수 있는 것도 아니다. 그렇다면 어떻게 해야 물질을 할 수 있는가? 그것은 "콩이 된장이 되듯 / 꽁치가 과메기가 되듯" 온몸으로 부딪치며 시간 속에서 체득해야 하는 것이다. "해녀만의 곰삭은 지혜 / 해녀에게 물어봐야만" 하는 것이다. 그렇다고 말로 물어본다고 당장 알 수 있는 것은 아니다. 해녀의 물질 작업은 직접 물질을 하면서 터득해야만 하는 것이리라.

그렇다면 물질하는 해녀의 몸은 어떤 상태일까? "해녀의 머리에선 소금물이 // 해녀의 눈에선 눈물이 // 해녀의 귀에선 고름물이 // 해녀의 코에선 콧물이 // 해녀의 입에선 신물이 // 해녀의 손에선 얼음물이"(「해녀의 몸에선」) 나온다. 말로 다 할 수 없는 고통을 안고 사는 게 해녀이다. 다음 시는 해녀들의 고달픈 삶을 잘 보여 주고 있다.

해녀들의 고질병은 난청 두통 위장병이 대부분입니다
해녀들은 저승에서 번 돈으로 이승을 살아갑니다
해녀들의 기분 좋은 날은 물숨 나는 날입니다
해녀들의 물숨은 들숨과 날숨이 있습니다
들숨은 위험하고 날숨은 숨을 오래 참는 것입니다
턱까지 참았던 숨, **'컥!' 하면 살았다는 소리입니다**
'어어엉~ 휘~이잇' 애잔한 숨비소리입니다

-「해녀들은」 일부

이처럼 해녀들의 물질은 목숨을 바다에 맡기고 하는 고된 작업이다. "저승에서 번 돈으로 이승을 살아갑니다"라는 표현으로 사선을 넘나드는 삶을 비유적으로 설명하고 있다. 특히 "'컥!' 하면 살았다는 소리입니다 / '어어엉~ 휘~이잇'" 하고 굵은 글씨로 표시함으로써 해녀들이 얼마나 목숨을 걸고 물질을 하는지 강조하고 있다. 그렇다고 해녀들의 삶에 고달픈 과정만 있는 것은 아니다. "고생 끝에 낙이 온다."는 말처럼 해녀들의 작업 끝에는 해산물이 가득 담긴 풍성한 수확의 기쁨이 있다. 이렇게 해산물이 가득할 때는 저절로 얼굴에 미소가 지어지기 마련이다. 또 "해녀 할망 / 오랜만에 전복 하나 / 트고 보니 파치복 / 운수대통 잡은 전복 / 손자 줘야 한다며 / 기뻐하네"(「내리사랑」)에서 그려지듯이 품질이 떨어지는 해산물에도 감사하며 자식부터 생각하기도 한다. "해녀의 미소는 / 재수 좋고 운 좋은 날 흡족한 표정"(「해녀의 미소」)이다. 그러나 시인은, 아내의 "50여 년 해녀 생활"과 "결혼 40여 년의 세월" 동안 "해녀인 아내가 웃는 얼굴을 / 본 기억은 별로 없다"(「해녀의 미소」)고 밝히고 있다. 그만큼 해녀의 작업은 낭만적이지 않고 정말 고되고 힘겨운 일이라는 것을 단적으로 말해 주고 있다.

유다른 선사의 원시적 어로 작업
맨몸에 숨을 멈추고 차디찬 바닷물 속 물질
해양 문화의 개척자며 선구자임에도
모르는 사람들은 외계인 시선이지만
죽음을 무릅쓰고 대대손손 쭉~ 끈을 이었다

흐드러질 땐 방심했던 불턱 문화
관습과 기술의 전승 보존 가치는
나라의 의궤만 중요한 것은 아니다
숨비소리와 함께 사라질 위기의 동아줄이다
배우지 못한 서러움 시대를 원망하다
하마터면 이마저도 해녀들은 모를 뻔했다

제주 삼다가 오롯했던 불턱 자리엔
돌담은 허물어져 간곳없고
바람은 계절 따라 오가고
해녀들은 새집 탈의장으로 이사 갔다

-「제주 해녀와 유네스코」 일부

반갑게도 제주 해녀 문화가 2016년 12월 1일 유네스코 인류 무형문화유산으로 등재됐다. 어쩌면 이는 기쁜 일이기도 하지만, 결코 기쁘기만 한 것은 아니다. 해녀의 물질 작업은 컴퓨터가 발달된 오늘날에도 기계화되지 않는다. 그야말로 원시적인 어로 작업이 계속될 뿐이다. 이런 원시적 작업은 죽음을 무릅쓰고 대를 이어온 것이다. 그러나 해녀 문화는 숨비소리와 함께 사라질 운명에 처해 있다. 나라의 의궤만 중요한 것이 아니라 바다의 작업 현장에서 들려오는 해녀의 숨비소리로 대변되는 해녀 문화 또한 못지않게 중요하다. 시인은 오래된 해녀 문화의 하나인 불턱 자리의 "돌담은 허물어져 간곳없고 / 해녀들은 새집 탈의장으로 이사 가" 버린 현실을 아쉬워하며, 유네스코 문화유산에 지정된 것만으로 마냥 기뻐할 일은 아니라고 항변하고 있다. 그러면서 해녀 문화의 보존과 더불어 해녀들의 처우 개선이 뒤따라야 함을 지적하고 있다. 특히 시인은 "죽어서까지 물질하는 것이 해녀"라고 하고 있다. 그만큼 해녀는 "떠도는 고혼이 되어도 / 해녀는 바다밭을 떠나지 못"(「죽어서도 물질하는 해녀」)하는 것이리라.

4

강영수 시인은 우도와 해녀는 물론 가족에 대한 애정

과 사랑, 이웃에 대한 애정도 노래한다. 특히 어머니에 대한 그리움을 그린 작품을 보노라면 눈물을 글썽이게 한다.

'어머니'라는 소리는 "위대한 소리"이고 "웅장한 소리"이며 "슬픈 소리"이자 "애잔한 소리"(「엄마라 부르면 기쁨인데 어머니라 부르면 목이 멘다」)이기 때문이다.

구십 연세 넘으신 울 엄마
유치원생

세수하세요
목욕하세요
옷 갈아입으세요
밥 먹으세요
밥 먹을 땐 앞치마 하세요

그래도 울 엄마다

울 엄마 아기 되지 않았으면
좋겠다

기저귀 갈고
똥오줌 치우는데

그래도 울 엄마다

-「아홉 살 울 엄마」 전문

부모가 나이가 들면 어린애가 된다고 했던가. 시인은 90세가 넘은 어머니에게 "세수하라, 목욕하라, 옷 갈아입으라" 하는 등 어린아이 챙기듯 보살피고 "기저귀 갈고 똥오줌 치우지만" 아무 불평도 하지 않고 묵묵히 현실을 받아들인다. 그 모습이 남의 일 같지 않아 마음이 짠하다. '어머니'는 시인 자신의 어머니이기도 하지만, 우리 모두의 어머니이기 때문이다. 그것이 '어머니'라는 단어가 갖는 인류 공통의 힘이다.

언젠가는 자동차 공업사에서 폐차될 자동차
오래된 차여서 집에서 관리하다간 노화 부식이 빨리 될 것 같아
전문인의 손길 있는 공업사에 안전하게 관리할 수 있어 맡기는데
속사정을 모르는 사람들은 차 주인을 가늠하며 혀를 찬다
자동차 공장에 맡겨야 할 차인데 체면치레 때문에 못 맡기는 차도 있다
공업사에 자동차 맡기고 돈만 주고 관리와 정비를 부탁하는 차가 대부분이다
폐차되어야 아쉬워하고 후회하고 서러워하고 통곡

하리라

요양원에 계신 구십 연세 넘으신 어머니가 생각난다
-「자동차 공업사엔」 일부

요양원에 계신 90세가 넘으신 어머니를 생각하며 폐차될 운명에 처한 자동차에 비유해 그린 시이다. 오래된 자동차는 언젠가는 폐차될 운명에 처하게 될 것이지만, 쉽게 폐차를 결정하지 못하는 것이 사람이다. 애정이 깃든 자동차라면 더욱 그러할 것이다. 고장 난 자동차를 전문가의 손에 맡겨 안전하게 관리하는 것은 당연한 일이다. 사람이야 오죽하겠는가. 곁에 오래 두고 함께하고 싶을 것이다. 연로하신 어머니를 어쩔 수 없이 요양원에 보내 지내게 하는 것이 시인으로서는 가슴이 미어지도록 아플 것이다. 자동차나 사람이나 언젠가는 한번 저세상으로 가는 것이 자연의 순리인데, "폐차되어야 아쉬워하고 후회하고 서러워하고 통곡하리라"란 글에서 어머니에 대한 찐한 연민의 정을 느낄 수 있다.

어머니가 쓰시던
못 쓸 생활 도구들
깨지고 찌그러진
헐고 꿰맨 윗도리 몸빼 바지
끈적끈적 미끌미끌 눅눅한 것들을

버리고 태웠더니
어머니 왈,
나
버리지 못하니
내
분신들을 버리느냐
울상의 표정
나는
멈칫 멍~했다

-「어머니의 분신」 전문

참으로 마음이 울컥한 시이다. 어머니가 쓰시던 찌그러진 생활 도구들, 헌 옷, 눅눅한 것들을 버리고 태웠더니, 어머니는 "나 / 버리지 못하니 / 내 / 분신들을 버리느냐"며 서운하다 못해 울상을 짓고 있다. 어쩌면 어머니에게 당신이 쓰시던 물건은 저세상으로 가기 전까지는 소중한 것들일 수밖에 없을 것이다. 그래서 시인은 그 태우고 버렸던 행위에 멈칫 멍하며 후회를 하고 있다. '어머니의 마음을 헤아리지 못하고 왜 그랬을까' 하는 순간 어머니가 느꼈을 서운함을 생각했을 것이고, 다시는 어머니의 소중한 물건을 버리거나 태우지 말아야겠다는 다짐을 했을 것이다. 이 시도 어머니에 대한 애틋한 마음을 잔잔하게 그려 내고 있다.

강영수 시인의 시에는 어머니에 대한 애정뿐만 아니라, 아내와 이웃에 대한 정도 깃들어 있다. 다음 시를 보면 부부가 어떠한 존재로 살아야 하는지 시인의 생각이 단적으로 드러난다.

죽을 때까지
한 송이 꽃만
봐야
무슨 꽃인지
알 수 있을런가

-「부부」 전문

부부란 무엇인가? 결혼 후 일생을 같이하는 것이 부부가 아닌가. 시인은 그래도 알 수 없는 것이 부부라고 말하고 있다. 짧고 평범한 시지만, 그 의미는 자못 크다. 다른 것은 생각 말고 오로지 "죽을 때까지 / 한 송이 꽃만 / 봐야 / 무슨 꽃인지 / 알 수 있을런가" 피력하며, 딱히 이거다 하고 정답을 제시하지는 않고 있다. 이는 평생을 함께 살아도 알 수 없는 것이 부부이기 때문일 것이다. 그렇다면 부부는 평생 변하지 않는 삶을 살아야 하는 것이 아닌가. "나무로 살았으면 / 썩고 문드러질 / 삶을 살았을 걸 // 고통을 참고 / 숯으로 거듭나니 / 변하지 않는 삶을"(「숯」) 사는 것이리라. 그리고 강영수 시인은 아내에 대한 미안함도 시를 통해 고백하고 있다.

아내는 마루에서 땅콩 까고
나는 방에 있었다
점심 밥상머리에서 나는
미안해서 시, 한 꼭지를 하고 얼버무렸다
아내는
시, 삶아 먹을 수 있으면 좋겠다 한다

-「시, 삶아 먹을 수 있으면」 전문

젖은 빨래가
보송보송하기까지는
빨랫줄과
두 기둥이 있어서다
어느 것 하나 소홀해선 안 될
제자리에서 버티니
줄도 가벼워지고
눈물 떨구던 빨래도 팔랑이니
기둥도 마주 보며 웃는다

-「가정」 전문

땅콩을 까 달라는 아내의 부탁에 방에 들어박혀 무엇을 하고 있는지 영 나올 기미가 없다. 점심때가 되자 그래도 밥은 먹고 살려고 슬슬 기어 나와서 미안한 표정을 한다. 미안한 표정도 시 한 꼭지로 얼버무리니 염치도 이런 염치가 없다. 아내는 이런 행동을 보고 "시, 삶아 먹을 수 있으면 좋겠다"고 하며 핀잔을 준다. 그러면서 피식 웃는 모습이 눈에 선하게 그려진다. 한 폭의 그림을 연상케 하는 시로 은근히 서로를 위하는 부부의 정을 그리고 있는 작품이다. 우리가 부부가 되기 위해서는 결혼이라는 형식을 거쳐야 정식 부부로 인정하는 것이 일반적이다. 흔히 사람들은 결혼만 하면 평생 아름답고 행복한 일만 생길 것이라 생각하기 쉽다. 그러나 결혼 생활은 마라톤과 같은 것이어서 인내가 뒤따르기 마련이다. 결혼 생활은 평지만 있는 것이 아니다. 오르막도 있고, 내리막도 있고, 고단함도 있고, 슬픔도 있고, 기쁨도 있는 것이다. 그러는 과정에서 부부애가 더욱 깊어지는 것이리라.

이와 연장선상에서 부부애와 가족애를 다룬 「가정」이라는 시를 보자. 빨래가 마르기까지는 날씨도 중요한 요소로 작용하지만 무엇보다 빨래를 널 수 있는 두 기둥과 빨랫줄이 있어야 한다. 사람으로 치면 결혼을 하고 일생을 가꾸기 위해서는 아내와 남편이라는 두 기둥이 있어야 하고, 빨랫줄이 연결되듯 마음이 연결되어 있어야 한다. 여기서 빨래는 시인의 자녀들이라 생각된다. "빨래가 보송보송"하다는 것은 자녀들이 올바른 길로 나아가는 것을 표현한 것이리라. 자녀들이 올바르게 성장하려면 아내와 남편이라는 두 기둥이 서로 조화를 이뤄야 하고 따뜻한 온기가 있어야 한다. 그리고 힘든 일이 있더라도 제자리에서 버텨야만 한다. 아무리 힘든 일이 있어도 참고 지내다 보면 젖은 빨래가 마르듯 행복하고 웃는 날이 오기 마련이다. 이러한 것이 참된 가정의 모습일 것이다. 시인은 「가정」이라는 시에서 이를 잘 말해 주고 있다.

시인은 여기서 더 나아가 조상의 은덕을 기리며 한편으로는 후손이 잘되게 보살펴 주기를 바라는 인지상정도 그리고 있다.

풀 베어 단장하니
질그릇 소반에
삶은 계란
반 토막

뻐대 자랑하는 집안
돌 말뚝에 후손 자랑하며
고풍 차판에 고봉밥 놓고

후손 잘되게 해 달라
내년에 찾아뵙겠다
인사하고 돌아오는
연례행사

-「벌초」 전문

벌초는 해마다 해야 하는 연례행사다. 고봉밥 올려놓고 후손 잘되게 소원을 비는 시인의 마음이 어떠한지 잘 알 수 있다. 이 시는 조상의 묘에 벌초를 다 끝낸 후의 풍경을 그리고 있다. 이 시에서 시선이 오래 멈추는 부분은, 벌초가 끝나고 잘 정돈된 묘를 "질그릇 소반에 / 삶은 계란 / 반 토막"이라고 은유적으로 표현한 구절이다. 벌초를 마친 묘소의 모습에서 '질그릇 소반에 삶은 계란 반토막'이란 시상을 떠올리다니 시적 감각이 예사롭지 않다. 시는 이처럼 대상을 설명하지 않고 은유적으로 써야 독자로부터 외면받지 않을 것이며 오래도록 가슴에 길이 남을 작품이 될 것이다.

5

강영수 시인의 시에서 두드러지게 나타나는 현상은 우도와 해녀라는 자연과의 유착 관계이다. 무엇보다 자연에서 무언가를 얻고, 자연에서 삶의 면모를 보여 주고 있다는 것이다. 자연과의 유착 관계 속에 시를 쓰고 있지만 거기서 그치지 않고, 시를 통해 자연의 섭리를 일깨우고 자신이 살아온 인생사를 보여 주고 있다. 그의 시를 읽다 보면 자연과 공생하는 삶의 절박함이 느껴진다. 이는 어쩌면 희망을 보여 주기 위한 노력의 일

환이라고 볼 수 있을 것이다. 또한 그 자연의 풍경은 어머니같이 포근한 것이요, 이웃처럼 다정한 것이다. 그의 시편들은 힘들고 어려운 삶 속에서도 이를 견뎌 내는 모습들을 노래하며 왜 살아야 하는지를 여실히 보여주고 있다. 시의 행간에 그러한 삶과 존재의 의미망을 짜 올리기란 쉬운 일이 아니다.

강영수 시인의 시는 시적 대상인 자연 현상과 사회 현상에 대한 심지 깊은 통찰력을 담고 있다. 자연과의 연결 고리로 우도를 노래하고 있으며, 주변 사람들에 대한 따뜻한 시선으로 해녀의 고달픔, 부부애, 가족애, 이웃에 대한 정을 그려 내고 있다. 여기에 실린 시편들은 언어의 유희나 기교를 웬만하면 배제하면서도, 은유라는 끈끈한 내적 장치로 시적 대상을 따뜻하게 감싸 안고 있다. 이토록 따뜻한 시선과 훌륭한 은유를 갖추고 있는 시인이 앞으로 우도라는 공간적 배경과 해녀라는 인물적 요소에만 머무르지 말고 관심의 영역과 시적 대상을 더욱 넓힌다면 더 좋은 시를 쓸 수 있다고 여겨진다. 이 시집에도 그런 면이 더러 보이긴 하지만, 주변에서 일어나는 일상생활과 경험을 소재로 한 시 쓰기에 관심을 갖고 한 발 다가선다면 더 다양하고 감칠맛 나는 작품을 쓸 수 있을 것이라 생각된다.

필자는 평론가도 아니고 시평을 전문적으로 하는 사람도 아니다. 그저 시조를 쓰는 시인일 뿐이다. 강영수 시인의 시를 보면서 나름대로 느낀 점을 읊조렸는데 그

것이 강영수 시인에게 누를 끼치지는 않을는지 모르겠다. 앞으로 강영수 시인이 한 행 한 행 지어 나갈 새로운 시어의 집이 자못 궁금해진다.

| 부록 |

우도 해녀들의 제주말

| 부록 |

우도 해녀들의 제주말

불턱 : 해녀 탈의장.
불추다 : 불쬐다.

물질, 물에질 : 물질.
　ᄀᆞᆺ물질 : 바닷가 얕은 바다에 물질.
　뱃물질 : 배를 타고 멀리 나가서 하는 물질.
　난바르물질 : 배를 타고 멀리 나가 숙식을 하면서 하는 물질.
　육지물질 : 제주도 밖 육지에 출가해서 물질.
　헛무레 : 소라, 전복, 오분자기, 해삼, 문어 등을 잡는 물질.
　홍텡이물질 : 갓 배우는 물질.
　눈질래기 : 자맥질은 못하고 수경만 쓰고 해산물을 채취하는 작업.
　ᄌᆞ문물질 : 합의된 날짜에 금지를 풀고 해산물을 캐기 시작하는 물질.
　물에 빠지다 : 해산물을 채취하러 입수하다.
　물에서 나다 : 물질 작업을 마치고 뭍으로 나다.

물ᄎᆞᆷ: 물참.

곰 노리다 : '감 내리다'의 뜻으로, 바닷물이 곧 써려 하다.

물싸다 : 물써다.

물들다 : 물밀다.

돌언지물 : 썰물에서 들물 직전 정조.

물돌다 : 썰물에서 밀물로 바뀌기 시작하다.

물어름 : 썰물과 밀물 사이 물 흐름이 없는 곳.

물발 : 물발.

물살 : 물살.

물쌀 독허다 : 물살이 매우 차다.

물알 되싸지다 : 바닷물 속이 거칠다.

물알 궂다 : 바닷물 속이 탁하다.

물이 수왕수왕, 물이 창창 : 물 흐름이 거칠고 빠른 모양.

쏠물각 : 썰물이 센 구역.

들물각 : 들물이 센 구역.

물찌: 무수기. 물때.

보름물찌 : 매월 음력 9일부터 23일까지의 무수기.

그뭄물찌 : 매월 음력 24일부터 다음달 8일까지의 무수기.

조금 : 조금. 물발이 세지 않은 무수기.

웨살 : 사리. 물발이 센 무수기.

후내기 : 이안류.

우알진물 : '위와 아래 진 물'의 뜻으로, 일정한 구역에서 윗물은 따뜻하고 아랫물은 찬 곳.

갯긋달 : 갯가.

바당 : 바다.

지픈 바당 : 깊은 바다.

ᄋᆢ튼 바당 : 얕은 바다.

백바당 : 해산물이 없는 바다.

나눕다 : 해산물이 많은 바다.

ᄇᆞᆯ다 : 물결이 잔잔하다.

쎄다 : 세다. 바다가 거칠다.

놀, 누, 절, 나부리 : 파도.

놀불다 : 바람을 동반한 높은 파도가 치다.

누치다 : 파도치다.

절일다 : 누보다 약한 파도가 일다.

나부리치다 : 절보다 낮은 파도가 일다.

민둥누 : 굼뉘. 꺾임이 없는 높은 파도.

너울 : 민둥누보다 낮은 파도.

ᄀᆞᆺ누 : 갯가에 이는 파도.

들렁거리다 : 물결치다.

촐랑거리다 : 철석거리다.

지름장바당, 멩지명주바당 : 아주 잔잔한 바다.

누춤 보레기 없는 바당 : 물결이 없는 바다.

물거리 : 해산물을 따지 못하고 나오는 일. 곧 빈손일 때.

상거리 : 해산물을 따고 나오는 일.

물거리상거리 : 물질을 할 때 빈손일 때도 있고 빈손이 아닐 때로 있듯 티끌 모아 태산.

게석계숙 : 상군 해녀들이 바다에서 하군 해녀 망사리에 해산물

을 잡아주는 일.

백궐 : 아무 해산물도 못 잡음.

궐면 : 해산물을 조금 잡음.

좀수, 좀녀 : 해녀.

대상군 : 물질 기량이 아주 탁월한 해녀.

상군 : 물질 기량이 뛰어난 해녀.

중군 : 물질 기량이 중에 해당하는 해녀.

하군 : 물질 기량이 중군보다 못한 해녀.

똥군틀파리, 볼락좀수 : 물질을 갓 배운 해녀.

할망좀수 : 할머니 해녀.

눈질래기 좀수 : 자맥질은 않고 물안경을 쓰고 얕은 곳에서 해산물을 채취하는 해녀.

애기좀녀 : 어린아이 해녀.

물숨 : 들숨과 날숨을 통틀어 이르는 말.

들숨 : 들숨. 숨을 참는 시간이 평소보다 짧음.

날숨 : 날숨. 숨을 참는 시간이 깂.

숨비소리 : 숨이 턱까지 차오르고 물 위로 솟으면서 자연스레 나는 소리.

큇머리 들다 : 감기로 자맥질을 전혀 할 수 없다.

숨좁다 : 숨막히다.

숨이 톨깍 톨깍 : 숨이 꼴깍 꼴깍.

귀 ᄄᆞ리다 : 깊은 바닷물 속 수압으로 귀에 통증이 오다.

머정좋다 : 해녀가 평소 물질을 잘하다.

ᄉᆞ망일다 : 재수나 운이 좋다.

거우쟁이 : 해녀의 긴 다리.
야가지 : 목.
가달머리 : '다리'를 속되게 이르는 말.
가달춤 : 자맥질할 때 다리놀림.
허우치다 : 자맥질할 때 팔놀림.

여 : 여.
　ᄀᆞᆺ여 : 가까운 여.
　ᄐᆞᆫ여 : 떨어진 여.
　셋여 : 두 번째 여.
　ᄀᆞᆷ여 : 경계가 되는 여.
　막여 : 해녀들의 물질할 수 있는 마지막 여.
　창터진여 : 해녀들이 자맥질을 할 수 없는 여.
　숨은여 : 여와 여 사이의 여.
　긴여 : 길게 뻗은 여.
　ᄀᆞ는여 : 가늘게 뻗은 여.
　납작여 : 평평한 여.
　남은여 : 이름을 짓지 못한 여.
　거벵이 : 경사진 여.

훔치, 구숨 : 움퍽 들어간 곳.
　코지 : 돌출된 곳.
　안깡 : 안으로 들어온 곳.
　물알 : 만처럼 들어간 곳.
　머들머을팟 : 굵은 돌무더기가 있는 곳.
　작지왓 : 자갈이 많은 곳.

빌레 : 암반.
누륵빌레 : 부석부석한 반석.
모살통왓 : 모래바다가 있는 곳.
펄밧 : 뻘밭.
홍텡이줴기통 : 물웅덩이.
고망 : 구멍.
비렁 : 물속 바위 기슭.
엉덕 : 바위의 아래쪽이 움퍽 들어간 곳.
굴렁치 : 밑바닥이 움퍽 들어간 곳.

테왁큭테왁, 두렁박 : 박 속을 파내 만든 뒤웅박.
양철테왁담부테왁 : 양철로 만든 테왁.
버구기테왁 : 스티로폼 부표.
관제 : 테왁을 고정시키기 위한 두 개의 둥근 줄.
테도리줄 : 두 관제를 고정시키는 줄.
뱃또롱줄 : 테왁과 망사리를 연결하는 세 가닥의 줄.
기둥줄 : 테왁과 어음을 연결한 긴 줄.
호름세기 : 망사리 크기를 조절하는 줄.
어음 : 망사리를 매달기 위한 굴렁쇠 모양의 넝쿨.
망사리, 망아리 : 망사리.
헛물에망사리 : 헛물질할 때 쓰는 망사리.
고동망사리 : 소라 잡을 때 쓰는 망사리.
우미망사리 : 우뭇가사리 채취할 때 쓰는 망사리.
감태망사리 : 감태 채취할 때 쓰는 걸망.
조락군조락 : 보조 망사리.
닻돌조락 : 물 위 테왁 망사리를 고정시키는 돌을 담는 망사리.

걸망 : 코가 큰 망사리.

족은눈 족쉐눈, 궤눈, 엄쟁이눈 : 유리알이 두 개인 물안경.
큰눈 쒜눈, 고무눈, 통눈 : 유리알이 하나인 물안경.
개지름 피다 : 수경 유리알에 김이 서려 뿌옇게 되다.
눈곽 : 물안경을 보관하는 상자.
닻돌, 닻줄 : 물위 망사리를 고정하는 도구.
ᄌᆞᆼ개호미 : 물질할 때 쓰는 낫.
비호미 : 뭍에서 쓰는 낫.
ᄀᆞᆯ각지 : 호미.
성기ᄀᆞᆯ각지 : 성게를 잡는 호미.
까꾸리 : 문어를 잡는 갈퀴.
ᄌᆞ락 : 자루. 손잡이.
소살 : 작살.
비창 : 전복을 트는 데 쓰는 쇠로 만든 도구.

물옷 : 물옷. 잠수복.
소중의 소중이, 소중기 : 광목으로 만들어 물질할 때 입는 옷.
처지 : 소중의 허리 위쪽.
앞처지 : 소중의 허리 위 앞쪽.
뒤처지 : 소중의 허리 위 뒤쪽.
이몸 의몸 : 소중의 허리 아래쪽.
굴 : 소중의 다리.
산굴 : 소중의 오른쪽 옆이 트인 다리.
죽은굴 : 소중의 왼쪽 옆이 막힌 다리.
매친 : 왼쪽 어깨끈.

어깨마리 : 양쪽 어깨끈이 있는 소중의.

곰 : 허리끈.

쾌 : 단춧구멍.

벌모작 : 매듭단추.

바대 : 이중 박음질 천.

물적삼 : 광목으로 만들어 해녀들이 물질할 때 입는 적삼.

물수건 : 광목으로 만들어 해녀들이 물질할 때 머리에 쓰는 수건.

까부리 : 광목으로 만들어 해녀들이 물질할 때 쓰는 모자. 목덜미와 뺨을 감쌈.

고무옷 : 고무로 만들어 해녀들이 물질할 때 입는 옷.

스펀지옷 : 부드러운 고무로 만든 옷.

오리발 : 물갈퀴. 물질할 때 신는 신발.

밀 : 밀. 귓구멍 마개.

물체 물치기 : 솜을 넣어 누빈 상의.

뚜데기 : 솜을 넣어 누빈 작은 이불.

고동, 구쟁기 : 소라.

쏠방구, 조쿠쟁이 : 작은 소라.

깍 : 소라 내장 끄트머리.

속갓 : 소라 심장막.

진창 : 내장. 창자.

생복 : 전복.

게웃 : 전복 내장.

머드레전복 : 늙은 전복.

보말 : 고둥.

먹보말 : 밤고둥.

수두리, 수두리보말 : 팽이고둥.
돌포말 : 눈알고둥.
메옹기, 마타실 : 두드럭고둥.
까메기보말 : 개울타리고둥.

뭉게 : 문어.
뭉게상퉁이 : 문어 머리.
돈데 : 작은 문어
해섬, 미 : 해삼.
해섬창지 : 해삼 내장.
성기, 쿠살 : 성게.
붉은성기 : 분홍성게.
검은성기 : 보라성게.
솜 : 말똥성게.
오분작: 오분자기.
게들레기 : 집게.
깅이 : 게.
굴멩이 : 군소.

조각 초각 : 초벌.
망각 : 끝물.
메역 : 미역.
초각메역 : 초벌 미역.
망각미역 : 끝물 미역.
우미, 천초 : 우뭇가사리
조각우미 : 초벌 우미.

망각우미 : 끝물 우미.
우미꽃피다 : 우뭇가사리가 다시 돋아나다.
백하르방 : 우뭇가사리 이끼.
험냉이 : 우뭇가사리에 붙은 잡풀.

풀캐다 : 개닦기하다.
톨 : 톳.
톨왓 : 톨밭.
ᄑᆞ래 : 파래.
ᄎᆞᆷᄑᆞ래 : 식용 파래.
개ᄑᆞ래 : 사료용 파래.
ᄑᆞ래왓 : 파래밭.
정각 : 청각.
막카시리, 돌가시리 : 가사리
찍꺼리 : 진두발.
늣 : 이끼.
무낭 : 산호.
나리 잡다 : 장소 잡다.
메역나리 : 미역 붙일 장소.
천초우미나리 : 우뭇가사리 건조 장소.
구미 : 반.
버난지 : 떠밀려온 해초.
풍광목 : 떠밀려온 나무.

바당궤기 : 바닷고기.
저립 : 제방어.

물톳 : 돌돔.

가문돔 : 감성돔.

북바리 : 홍바리.

다금바리 : 자바리.

웽이 : 혹돔.

오티미 : 옥돔.

구릿 : 벵에돔.

챙빗구릿 : 작은벵에돔.

다찌 : 독가시치.

객주리 : 쥐치.

월남객주리 : 말쥐치.

바당객주리 : 그물코쥐치.

밥자리 : 잘잘한 자리.

비께 : 수염상어.

모돌이 : 괭이상어.

막쟁이 : 개상어.

즌다니, 궤상어 : 상어류.

물막쟁이 : 오징어 피둥어꼴뚜기.

복쟁이 : 복어.

보들락 : 베도라치

늘치 : 날치.

솔치 : 쑤기미.

각재기 : 전갱이.

고돌이 : 고등어.

멜 : 멸치.

졸락 : 노래미.

어랭이 : 놀래기.

돗어랭이, 코생이 : 참놀래기.

실어랭이 : 용치놀래기.

메역치, 메기 : 쏠종개.

누루시볼락 : 누루시볼락.

우럭 : 쏨뱅이.

우박망테 : 해파리.

요소바리 : 두 척 이상의 배가 한 조가 되어 다른 곳에 가서 하는 작업.

구덕 : 바구니.

질구덕 : 물건을 넣어 지는 큰 대바구니.

출구덕 : 허리에 차서 쓰는 중간 크기의 대바구니.

송둥이 : 작은 대바구니.

차반지 : 차반.

차롱 : 채롱.

고령 : 대오리 따위로 채롱보다 작게 만든 바구니. 주로 제물 바구니로 씀.

ᄀᆞ는대구덕 : 아주 가늘고 긴 대오리로 만든 바구니. 주로 부조 갈 때 쌀을 놓고 감.

ᄉᆞᆼ키구덕 : 나물바구니.

물구덕 : 물동이인 '허벅'을 넣어 지고 다니게 만든 바구니.

ᄇᆞ른구덕 : 헝겊이나 종이를 바른 바구니.

ᄇᆞ름: 바람.

ᄀᆞ은샛ᄇᆞ름 : 동풍.

ᄀᆞ은갈ᄇᆞ름 : 서풍.

ᄀᆞ은마ᄑᆞ름 : 남풍.

ᄀᆞ은높새ᄇᆞ름 : 북풍.

을진풍 너른새 : 동남풍.

간나위바람 : 남풍, 남서풍.

메오리 : 갑자기 부는 바람.

돗겡이 : 회오리바람.

ᄀᆞ시 : 우도 밖 물.

개맛 : 포구.

개도 : 포구 입구.

개도 매다 : 포구 입구에 파도가 일다.

곡석: 곡식.

고고리: 이삭.

ᄋᆢ물다: 여물다

비죽다: 알차지 못하다.

알쟁이: 자잘한 여물.

졸래: 쭉정이.

ᄊᆞᆯ : 쌀.

곤ᄊᆞᆯ: 흰쌀.

보리ᄊᆞᆯ : 보리쌀.

ᄉᆞᆯ보리 : 쌀보리.

주넹이보리 : 맥주보리.

겉보리 : 겉보리.

좁ᄊᆞᆯ : 좁쌀.

모인좁ᄊᆞᆯ : 메좁쌀.

흐린좁ᄊᆞᆯ : 차좁쌀.

ᄑᆞᆺ : 팥.

ᄆᆞ물 : 메밀.

강냉이 : 옥수수.

대축 : 수수.

ᄀᆞ루 : 가루.

ᄊᆞᆯ ᄀᆞ루 : 쌀가루.

ᄆᆞ물ᄀᆞ루 : 메밀가루.

개역 : 미숫가루.

ᄒᆞᆫ 말 : 한 말2리터 되, 4되.

밥 : 밥.

ᄊᆞᆯ밥 : 쌀밥.

곤밥 : 흰밥.

조팝 : 조밥.

모인좁팝 : 메조밥.

흐린좁팝 : 차조밥.

ᄑᆞᆺ밥 : 팥밥.

ᄑᆞᆺ죽 : 팥죽.

반지기밥 : 쌀과 보리를 반씩 섞어서 지은 밥.

ᄌᆞ베기 : 수제비.

ᄑᆞ래밥 : 파래밥.

톨밥 : 쌀이 부족했을 때 톳을 넣어서 지은 밥.

틈재우다 : 뜸들이다.

영장 : 시신. 영장.

식게 : 제사.

까메기 몰은 식게 : 까마귀 모르는 제사, 남 몰래 하는 제사.

몽달구신 : 몽달귀신.

멧밥, 메 : 신위에게 올리는 밥인 메.

겡국 : 신위에게 올리는 국인 갱.

안내 : 고방 신.

문전 : 대문 신.

조왕 : 부엌 신.

강영수 시집

해녀의 몸에선

초판 인쇄 2017년 7월 05일
초판 발행 2017년 7월 12일

지은이 강영수
펴낸이 노용제
펴낸곳 정은출판

주 소 04558 서울시 중구 창경궁로 1길 29 (3F)
전 화 02-2272-8807
팩 스 02-2277-1350
출판등록 제2-4053호(2004. 10. 27)
이메일 rossjw@hanmail.net

ISBN 978-89-5824-336-6(03810)
값 10,000원